TRIGG

entertaining fiction.

Fictitiously created.

Fictitiously created.

the longest story ever told

Reading order:

01. Intragalaxy First

02. Intragalaxy Final

03. The Sparkling Seashore

04. ACE

05. GEM

06. ZGUYS

07. Mutt Wars

08. Mutt Wars II

09. Pretty One

10. Pretty Two

11. Pretty Three

12. Touch Me

13. Sunn Burnn

14. … go to Hell

15. Tom

16. Stu

17. Frank

18. Austin

19. Sisters

20. Brothers

21. Baby

22. Pick Me

23. Curfew

24. Gods & Tales

25. Kiss it Bye-Bye, Again!!!

26. All & Truths

27. Tale

28. Tail

29. Tell

30. Tael

31. The Soaring Seahorse

32. Sea Peoples

33. Aliens & Tells

34. Vein

35. Angels & Tails

36. All & All

37. Trolls & Taels

38. Pow-wow with Almighty God...

39. Love Them All

40. Feral Love

41. Arkie

42. Arkie. Barkie.

43. Barkie. Barkie.

44. Uncovered Atlantis

45. The Prez

46. President Trump

47. P.K.

48. Triplet

49. Trip Bet

50. Trip Jet

51. Trip Zet

52. Kiss It, Bye-bye, Baby!!!

53. The Code of God

54. MIA

55 A Tiny Invitation

56. The Hand of God

57. The Mission of God

58. Face Time

59. Hubby Hole

60. Wubby Hole

61. Trigg

62. Music without Sound

63. A Glass Shelf

64. Sniff, the Sweet Honeysuckles

65. Smell, the Sour Deaths

66. Unknown Me

67. Unknown Space

68. Unknown Time

69. Unknown Place

70. Visitards

71. Fire Star

72. Five Stars

73. Four Stars

74. E=mc*q

75. Lost Star

Other Novels

Royal Series

Prince Wars

Princess Wars

King Wars

Queen Wars

Aim High

Aim Higher

Aim Highest

Eat My first bullet

Author Notes:

I

have

created

a

personal

and

private

Book

Rating

System

for

each

one

of

my

novels

for

the

and

clever

curious

reader.

Rated G for good stuff.

Rated PG for pretty good stuff.

Rated M for mild stuff.

Rated S for really great stuff.

Rated C for cute stuff.

The

storyline

for

this

novel

is

for

really

great

stuff

with

some

relationships

witty

humor

catfights

teenly

dogfights

with

no

she-ghosts

and

appearances.

Thanks for entering my imagination!

Chapter One

In the heart of the Alabama woods, where the pines whispered secrets and the rivers sang lullabies, there lived a young man named Al. Al was no ordinary woodsman — he was a "for apes", a rare kind of hunter who didn't kill, but instead trained and befriended the wild apes of the region. His name meant "the one for the apes," passed down from his grandfather, who had once saved a troop from a wildfire by guiding them to safety.

One summer, a storm swept through the valley, and with it came a strange sound — a low, rhythmic thump from the forest. Al followed the noise to a clearing where a massive, ancient tree had split in two, revealing a hollow filled with glowing blue leaves. Inside, a young ape with silver fur and eyes like polished river stones looked up at him.

"This is the Al for Apes Tree," Al whispered. "It only opens when the forest remembers its oldest friend."

The silver-furred ape introduced himself as Kip. He told Al of a prophecy: when the tree's leaves glow, the apes must gather at the river's edge to sing the Song of the First Rain, which would restore balance to the land. But the Song was fading, and without it, the forest would grow silent.

Al and Kip set out together. Along the way, they met other apes — a wise old mother named Mama Tala, who could read the wind's breath; a young warrior named Zara, who could mimic the calls of birds; and a shy child named Nala, who could paint with leaves. Together, they learned the Song's notes, each tied to a memory of the forest's first rain. They faced challenges: a river swollen with floodwaters, a hunter who mistook them for danger, and a storm that nearly drowned them. But Al's training in tracking, calming, and guiding the apes kept them safe. Kip's instincts and the others' unique gifts helped them overcome each obstacle.

On the night of the full moon, they reached the river. The Al for Apes Tree's leaves pulsed brighter than ever. Kip led the troop to the water's edge, and together they sang — Al's voice steady, Kip's clear, the others joining in harmony. The

Song rose, and the forest resed: birds returned, flowers bloomed, and the rivers hummed again.

When the storm passed, the apes gathered around Al, their silver fur now glowing faintly in the moonlight. Kip looked at him and said, "You are not just the one for the apes. You are the one who remembers them."

From that day on, Al and Kip became protectors of the forest, ensuring the Song was sung every year. And in the Alabama woods, the Al for Apes Tree stood tall, a beacon of friendship between man and ape, a reminder that even in the wild, the heart can find its place.

TRIGG

TRIGG
TRIGG
TRIGG
TRIGG
TRIGG
TRIGG
TRIGG
TRIGG

TRIGG
TRIGG
TRIGG
TRIGG
TRIGG
TRIGG
TRIGG
TRIGG
TRIGG

TRIGG
TRIGG
TRIGG
TRIGG
TRIGG
TRIGG
TRIGG
TRIGG
TRIGG

TRIGG
TRIGG
TRIGG
TRIGG
TRIGG
TRIGG

TRIGG
TRIGG
TRIGG

TRIGG
TRIGG
TRIGG
TRIGG
TRIGG
TRIGG
TRIGG
TRIGG
TRIGG

TRIGG
TRIGG
TRIGG
TRIGG
TRIGG
TRIGG
TRIGG
TRIGG
TRIGG

TRIGG
TRIGG
TRIGG
TRIGG
TRIGG
TRIGG
TRIGG
TRIGG
TRIGG
TRIGG

TRIGG
TRIGG
TRIGG
TRIGG

TRIGG
TRIGG
TRIGG
TRIGG
TRIGG

TRIGG
TRIGG
TRIGG
TRIGG
TRIGG
TRIGG
TRIGG
TRIGG
TRIGG

TRIGG
TRIGG
TRIGG
TRIGG
TRIGG
TRIGG
TRIGG
TRIGG

TRIGG
TRIGG
TRIGG
TRIGG
TRIGG
TRIGG
TRIGG
TRIGG

TRIGG
TRIGG

TRIGG
TRIGG
TRIGG
TRIGG
TRIGG
TRIGG
TRIGG

TRIGG
TRIGG
TRIGG
TRIGG
TRIGG
TRIGG
TRIGG
TRIGG
TRIGG

TRIGG
TRIGG
TRIGG
TRIGG
TRIGG
TRIGG
TRIGG
TRIGG
TRIGG

TRIGG
TRIGG
TRIGG
TRIGG
TRIGG
TRIGG
TRIGG
TRIGG
TRIGG

TRIGG
TRIGG
TRIGG
TRIGG
TRIGG
TRIGG
TRIGG
TRIGG
TRIGG

TRIGG
TRIGG
TRIGG
TRIGG
TRIGG
TRIGG
TRIGG
TRIGG
TRIGG

TRIGG
TRIGG
TRIGG
TRIGG
TRIGG
TRIGG
TRIGG
TRIGG
TRIGG

TRIGG
TRIGG
TRIGG
TRIGG
TRIGG
TRIGG
TRIGG
TRIGG

TRIGG

TRIGG
TRIGG
TRIGG
TRIGG
TRIGG
TRIGG
TRIGG
TRIGG
TRIGG

TRIGG
TRIGG
TRIGG
TRIGG
TRIGG
TRIGG
TRIGG
TRIGG
TRIGG

TRIGG
TRIGG
TRIGG
TRIGG
TRIGG
TRIGG
TRIGG
TRIGG
TRIGG

TRIGG
TRIGG
TRIGG
TRIGG
TRIGG
TRIGG

TRIGG
TRIGG
TRIGG

TRIGG
TRIGG
TRIGG
TRIGG
TRIGG
TRIGG
TRIGG
TRIGG
TRIGG

TRIGG
TRIGG
TRIGG
TRIGG
TRIGG
TRIGG
TRIGG
TRIGG
TRIGG

TRIGG
TRIGG
TRIGG
TRIGG
TRIGG
TRIGG
TRIGG
TRIGG
TRIGG

TRIGG
TRIGG
TRIGG
TRIGG

TRIGG
TRIGG
TRIGG
TRIGG
TRIGG
TRIGG
TRIGG

TRIGG
TRIGG
TRIGG
TRIGG
TRIGG
TRIGG
TRIGG
TRIGG
TRIGG

TRIGG
TRIGG
TRIGG
TRIGG
TRIGG
TRIGG
TRIGG
TRIGG
TRIGG

TRIGG
TRIGG
TRIGG
TRIGG
TRIGG
TRIGG
TRIGG
TRIGG
TRIGG

TRIGG
TRIGG
TRIGG
TRIGG
TRIGG
TRIGG
TRIGG
TRIGG
TRIGG

TRIGG
TRIGG
TRIGG
TRIGG
TRIGG
TRIGG
TRIGG
TRIGG
TRIGG

TRIGG
TRIGG
TRIGG
TRIGG
TRIGG
TRIGG
TRIGG
TRIGG
TRIGG

TRIGG
TRIGG
TRIGG
TRIGG
TRIGG
TRIGG
TRIGG
TRIGG
TRIGG

TRIGG

TRIGG
TRIGG
TRIGG
TRIGG
TRIGG
TRIGG
TRIGG
TRIGG
TRIGG

TRIGG
TRIGG
TRIGG
TRIGG
TRIGG
TRIGG
TRIGG
TRIGG
TRIGG

TRIGG
TRIGG
TRIGG
TRIGG
TRIGG
TRIGG
TRIGG
TRIGG
TRIGG

TRIGG
TRIGG
TRIGG
TRIGG
TRIGG
TRIGG

TRIGG
TRIGG
TRIGG

TRIGG
TRIGG
TRIGG
TRIGG
TRIGG
TRIGG
TRIGG
TRIGG
TRIGG

TRIGG
TRIGG
TRIGG
TRIGG
TRIGG
TRIGG
TRIGG
TRIGG
TRIGG

TRIGG
TRIGG
TRIGG
TRIGG
TRIGG
TRIGG
TRIGG
TRIGG
TRIGG

TRIGG
TRIGG
TRIGG
TRIGG

TRIGG
TRIGG
TRIGG
TRIGG
TRIGG

TRIGG
TRIGG
TRIGG
TRIGG
TRIGG
TRIGG
TRIGG
TRIGG
TRIGG

TRIGG
TRIGG
TRIGG
TRIGG
TRIGG
TRIGG
TRIGG
TRIGG
TRIGG

TRIGG
TRIGG
TRIGG
TRIGG
TRIGG
TRIGG
TRIGG
TRIGG
TRIGG

TRIGG
TRIGG

TRIGG
TRIGG
TRIGG
TRIGG
TRIGG
TRIGG
TRIGG

TRIGG
TRIGG
TRIGG
TRIGG
TRIGG
TRIGG
TRIGG
TRIGG
TRIGG

TRIGG
TRIGG
TRIGG
TRIGG
TRIGG
TRIGG
TRIGG
TRIGG
TRIGG

TRIGG
TRIGG
TRIGG
TRIGG
TRIGG
TRIGG
TRIGG
TRIGG
TRIGG

TRIGG
TRIGG
TRIGG
TRIGG
TRIGG
TRIGG
TRIGG
TRIGG
TRIGG

TRIGG
TRIGG
TRIGG
TRIGG
TRIGG
TRIGG
TRIGG
TRIGG
TRIGG

TRIGG
TRIGG
TRIGG
TRIGG
TRIGG
TRIGG
TRIGG
TRIGG
TRIGG

TRIGG
TRIGG
TRIGG
TRIGG
TRIGG
TRIGG
TRIGG
TRIGG

TRIGG

TRIGG
TRIGG
TRIGG
TRIGG
TRIGG
TRIGG
TRIGG
TRIGG
TRIGG

TRIGG
TRIGG
TRIGG
TRIGG
TRIGG
TRIGG
TRIGG
TRIGG
TRIGG

TRIGG
TRIGG
TRIGG
TRIGG
TRIGG
TRIGG
TRIGG
TRIGG
TRIGG

TRIGG
TRIGG
TRIGG
TRIGG
TRIGG
TRIGG

TRIGG
TRIGG
TRIGG

TRIGG
TRIGG
TRIGG
TRIGG
TRIGG
TRIGG
TRIGG
TRIGG
TRIGG

TRIGG
TRIGG
TRIGG
TRIGG
TRIGG
TRIGG
TRIGG
TRIGG
TRIGG

TRIGG
TRIGG
TRIGG
TRIGG
TRIGG
TRIGG
TRIGG
TRIGG
TRIGG

TRIGG
TRIGG
TRIGG
TRIGG

TRIGG
TRIGG
TRIGG
TRIGG
TRIGG

TRIGG
TRIGG
TRIGG
TRIGG
TRIGG
TRIGG
TRIGG
TRIGG
TRIGG

TRIGG
TRIGG
TRIGG
TRIGG
TRIGG
TRIGG
TRIGG
TRIGG
TRIGG

TRIGG
TRIGG
TRIGG
TRIGG
TRIGG
TRIGG
TRIGG
TRIGG
TRIGG

TRIGG
TRIGG

TRIGG
TRIGG
TRIGG
TRIGG
TRIGG
TRIGG
TRIGG

TRIGG
TRIGG
TRIGG
TRIGG
TRIGG
TRIGG
TRIGG
TRIGG
TRIGG

TRIGG
TRIGG
TRIGG
TRIGG
TRIGG
TRIGG
TRIGG
TRIGG
TRIGG

TRIGG
TRIGG
TRIGG
TRIGG
TRIGG
TRIGG
TRIGG
TRIGG

TRIGG
TRIGG
TRIGG
TRIGG
TRIGG
TRIGG
TRIGG
TRIGG
TRIGG

TRIGG
TRIGG
TRIGG
TRIGG
TRIGG
TRIGG
TRIGG
TRIGG
TRIGG

TRIGG
TRIGG
TRIGG
TRIGG
TRIGG
TRIGG
TRIGG
TRIGG
TRIGG

TRIGG
TRIGG
TRIGG
TRIGG
TRIGG
TRIGG
TRIGG
TRIGG
TRIGG

TRIGG

TRIGG
TRIGG
TRIGG
TRIGG
TRIGG
TRIGG
TRIGG
TRIGG
TRIGG

TRIGG
TRIGG
TRIGG
TRIGG
TRIGG
TRIGG
TRIGG
TRIGG
TRIGG

TRIGG
TRIGG
TRIGG
TRIGG
TRIGG
TRIGG
TRIGG
TRIGG
TRIGG

TRIGG
TRIGG
TRIGG
TRIGG
TRIGG
TRIGG

TRIGG
TRIGG
TRIGG

TRIGG
TRIGG
TRIGG
TRIGG
TRIGG
TRIGG
TRIGG
TRIGG
TRIGG

TRIGG
TRIGG
TRIGG
TRIGG
TRIGG
TRIGG
TRIGG
TRIGG
TRIGG

TRIGG
TRIGG
TRIGG
TRIGG
TRIGG
TRIGG
TRIGG
TRIGG

TRIGG
TRIGG
TRIGG
TRIGG

TRIGG
TRIGG
TRIGG
TRIGG
TRIGG

TRIGG
TRIGG
TRIGG
TRIGG
TRIGG
TRIGG
TRIGG
TRIGG
TRIGG

TRIGG
TRIGG
TRIGG
TRIGG
TRIGG
TRIGG
TRIGG
TRIGG

TRIGG
TRIGG
TRIGG
TRIGG
TRIGG
TRIGG
TRIGG
TRIGG

TRIGG
TRIGG

TRIGG
TRIGG
TRIGG
TRIGG
TRIGG
TRIGG
TRIGG
TRIGG
TRIGG

TRIGG
TRIGG
TRIGG
TRIGG
TRIGG
TRIGG
TRIGG
TRIGG
TRIGG

TRIGG
TRIGG
TRIGG
TRIGG
TRIGG
TRIGG
TRIGG
TRIGG
TRIGG

TRIGG
TRIGG
TRIGG
TRIGG
TRIGG
TRIGG
TRIGG
TRIGG

TRIGG

TRIGG
TRIGG
TRIGG
TRIGG
TRIGG
TRIGG
TRIGG
TRIGG
TRIGG

TRIGG
TRIGG
TRIGG
TRIGG
TRIGG
TRIGG
TRIGG
TRIGG
TRIGG

TRIGG
TRIGG
TRIGG
TRIGG
TRIGG
TRIGG
TRIGG
TRIGG
TRIGG

TRIGG
TRIGG
TRIGG
TRIGG
TRIGG
TRIGG

TRIGG
TRIGG
TRIGG

TRIGG
TRIGG
TRIGG
TRIGG
TRIGG
TRIGG
TRIGG
TRIGG
TRIGG

TRIGG
TRIGG
TRIGG
TRIGG
TRIGG
TRIGG
TRIGG
TRIGG
TRIGG

TRIGG
TRIGG
TRIGG
TRIGG
TRIGG
TRIGG
TRIGG
TRIGG
TRIGG

TRIGG
TRIGG
TRIGG
TRIGG

TRIGG
TRIGG
TRIGG
TRIGG
TRIGG

TRIGG
TRIGG
TRIGG
TRIGG
TRIGG
TRIGG
TRIGG
TRIGG
TRIGG

TRIGG
TRIGG
TRIGG
TRIGG
TRIGG
TRIGG
TRIGG
TRIGG
TRIGG

TRIGG
TRIGG
TRIGG
TRIGG
TRIGG
TRIGG
TRIGG
TRIGG
TRIGG

TRIGG
TRIGG

TRIGG
TRIGG
TRIGG
TRIGG
TRIGG
TRIGG
TRIGG

TRIGG
TRIGG
TRIGG
TRIGG
TRIGG
TRIGG
TRIGG
TRIGG
TRIGG

TRIGG
TRIGG
TRIGG
TRIGG
TRIGG
TRIGG
TRIGG
TRIGG
TRIGG

TRIGG
TRIGG
TRIGG
TRIGG
TRIGG
TRIGG
TRIGG
TRIGG
TRIGG

TRIGG
TRIGG
TRIGG
TRIGG
TRIGG
TRIGG
TRIGG
TRIGG
TRIGG

TRIGG
TRIGG
TRIGG
TRIGG
TRIGG
TRIGG
TRIGG
TRIGG
TRIGG

TRIGG
TRIGG
TRIGG
TRIGG
TRIGG
TRIGG
TRIGG
TRIGG
TRIGG

TRIGG
TRIGG
TRIGG
TRIGG
TRIGG
TRIGG
TRIGG
TRIGG

TRIGG

TRIGG
TRIGG
TRIGG
TRIGG
TRIGG
TRIGG
TRIGG
TRIGG
TRIGG

TRIGG
TRIGG
TRIGG
TRIGG
TRIGG
TRIGG
TRIGG
TRIGG
TRIGG

TRIGG
TRIGG
TRIGG
TRIGG
TRIGG
TRIGG
TRIGG
TRIGG

TRIGG
TRIGG
TRIGG
TRIGG
TRIGG
TRIGG

TRIGG
TRIGG
TRIGG

TRIGG
TRIGG
TRIGG
TRIGG
TRIGG
TRIGG
TRIGG
TRIGG
TRIGG

TRIGG
TRIGG
TRIGG
TRIGG
TRIGG
TRIGG
TRIGG
TRIGG
TRIGG

TRIGG
TRIGG
TRIGG
TRIGG
TRIGG
TRIGG
TRIGG
TRIGG
TRIGG
TRIGG

TRIGG
TRIGG
TRIGG
TRIGG

TRIGG
TRIGG
TRIGG
TRIGG
TRIGG

TRIGG
TRIGG
TRIGG
TRIGG
TRIGG
TRIGG
TRIGG
TRIGG
TRIGG

TRIGG
TRIGG
TRIGG
TRIGG
TRIGG
TRIGG
TRIGG
TRIGG
TRIGG

TRIGG
TRIGG
TRIGG
TRIGG
TRIGG
TRIGG
TRIGG
TRIGG
TRIGG

TRIGG
TRIGG

TRIGG
TRIGG
TRIGG
TRIGG
TRIGG
TRIGG
TRIGG

TRIGG
TRIGG
TRIGG
TRIGG
TRIGG
TRIGG
TRIGG
TRIGG
TRIGG

TRIGG
TRIGG
TRIGG
TRIGG
TRIGG
TRIGG
TRIGG
TRIGG
TRIGG

TRIGG
TRIGG
TRIGG
TRIGG
TRIGG
TRIGG
TRIGG
TRIGG
TRIGG

TRIGG
TRIGG
TRIGG
TRIGG
TRIGG
TRIGG
TRIGG
TRIGG
TRIGG

TRIGG
TRIGG
TRIGG
TRIGG
TRIGG
TRIGG
TRIGG
TRIGG
TRIGG

TRIGG
TRIGG
TRIGG
TRIGG
TRIGG
TRIGG
TRIGG
TRIGG
TRIGG

TRIGG
TRIGG
TRIGG
TRIGG
TRIGG
TRIGG
TRIGG
TRIGG
TRIGG

TRIGG
TRIGG
TRIGG
TRIGG
TRIGG

TRIGG
TRIGG
TRIGG
TRIGG
TRIGG
TRIGG
TRIGG
TRIGG
TRIGG

TRIGG
TRIGG
TRIGG
TRIGG
TRIGG
TRIGG
TRIGG
TRIGG
TRIGG

TRIGG
TRIGG
TRIGG
TRIGG
TRIGG
TRIGG
TRIGG
TRIGG
TRIGG

TRIGG
TRIGG

TRIGG
TRIGG
TRIGG
TRIGG
TRIGG
TRIGG
TRIGG

TRIGG
TRIGG
TRIGG
TRIGG
TRIGG
TRIGG
TRIGG
TRIGG
TRIGG

TRIGG
TRIGG
TRIGG
TRIGG
TRIGG
TRIGG
TRIGG
TRIGG
TRIGG

TRIGG
TRIGG
TRIGG
TRIGG
TRIGG
TRIGG
TRIGG
TRIGG
TRIGG

TRIGG
TRIGG
TRIGG
TRIGG
TRIGG
TRIGG
TRIGG
TRIGG
TRIGG

TRIGG
TRIGG
TRIGG
TRIGG
TRIGG
TRIGG
TRIGG
TRIGG
TRIGG

TRIGG
TRIGG
TRIGG
TRIGG
TRIGG
TRIGG
TRIGG
TRIGG
TRIGG

TRIGG
TRIGG
TRIGG
TRIGG
TRIGG
TRIGG
TRIGG
TRIGG

TRIGG

TRIGG
TRIGG
TRIGG
TRIGG
TRIGG
TRIGG
TRIGG
TRIGG
TRIGG

TRIGG
TRIGG
TRIGG
TRIGG
TRIGG
TRIGG
TRIGG
TRIGG
TRIGG

TRIGG
TRIGG
TRIGG
TRIGG
TRIGG
TRIGG
TRIGG
TRIGG
TRIGG

TRIGG
TRIGG
TRIGG
TRIGG
TRIGG
TRIGG

TRIGG
TRIGG
TRIGG

TRIGG
TRIGG
TRIGG
TRIGG
TRIGG
TRIGG
TRIGG
TRIGG
TRIGG

TRIGG
TRIGG
TRIGG
TRIGG
TRIGG
TRIGG
TRIGG
TRIGG
TRIGG

TRIGG
TRIGG
TRIGG
TRIGG
TRIGG
TRIGG
TRIGG
TRIGG
TRIGG

TRIGG
TRIGG
TRIGG
TRIGG

TRIGG
TRIGG
TRIGG
TRIGG
TRIGG

TRIGG
TRIGG
TRIGG
TRIGG
TRIGG
TRIGG
TRIGG
TRIGG
TRIGG

TRIGG
TRIGG
TRIGG
TRIGG
TRIGG
TRIGG
TRIGG
TRIGG

TRIGG
TRIGG
TRIGG
TRIGG
TRIGG
TRIGG
TRIGG
TRIGG
TRIGG

TRIGG
TRIGG

TRIGG
TRIGG
TRIGG
TRIGG
TRIGG
TRIGG
TRIGG

TRIGG
TRIGG
TRIGG
TRIGG
TRIGG
TRIGG
TRIGG
TRIGG
TRIGG

TRIGG
TRIGG
TRIGG
TRIGG
TRIGG
TRIGG
TRIGG
TRIGG
TRIGG

TRIGG
TRIGG
TRIGG
TRIGG
TRIGG
TRIGG
TRIGG
TRIGG
TRIGG

TRIGG
TRIGG
TRIGG
TRIGG
TRIGG
TRIGG
TRIGG
TRIGG
TRIGG

TRIGG
TRIGG
TRIGG
TRIGG
TRIGG
TRIGG
TRIGG
TRIGG
TRIGG
TRIGG

TRIGG
TRIGG
TRIGG
TRIGG
TRIGG
TRIGG
TRIGG
TRIGG
TRIGG

TRIGG
TRIGG
TRIGG
TRIGG
TRIGG
TRIGG
TRIGG
TRIGG

TRIGG

TRIGG
TRIGG
TRIGG
TRIGG
TRIGG
TRIGG
TRIGG
TRIGG
TRIGG

TRIGG
TRIGG
TRIGG
TRIGG
TRIGG
TRIGG
TRIGG
TRIGG
TRIGG

TRIGG
TRIGG
TRIGG
TRIGG
TRIGG
TRIGG
TRIGG
TRIGG
TRIGG

TRIGG
TRIGG
TRIGG
TRIGG
TRIGG
TRIGG

TRIGG
TRIGG
TRIGG

TRIGG
TRIGG
TRIGG
TRIGG
TRIGG
TRIGG
TRIGG
TRIGG
TRIGG

TRIGG
TRIGG
TRIGG
TRIGG
TRIGG
TRIGG
TRIGG
TRIGG
TRIGG

TRIGG
TRIGG
TRIGG
TRIGG
TRIGG
TRIGG
TRIGG
TRIGG
TRIGG

TRIGG
TRIGG
TRIGG
TRIGG

TRIGG
TRIGG
TRIGG
TRIGG
TRIGG
TRIGG
TRIGG

TRIGG
TRIGG
TRIGG
TRIGG
TRIGG
TRIGG
TRIGG
TRIGG
TRIGG

TRIGG
TRIGG
TRIGG
TRIGG
TRIGG
TRIGG
TRIGG
TRIGG
TRIGG

TRIGG
TRIGG
TRIGG
TRIGG
TRIGG
TRIGG
TRIGG
TRIGG
TRIGG

TRIGG
TRIGG
TRIGG
TRIGG
TRIGG
TRIGG
TRIGG
TRIGG
TRIGG

TRIGG
TRIGG
TRIGG
TRIGG
TRIGG
TRIGG
TRIGG
TRIGG
TRIGG

TRIGG
TRIGG
TRIGG
TRIGG
TRIGG
TRIGG
TRIGG
TRIGG
TRIGG

TRIGG
TRIGG
TRIGG
TRIGG
TRIGG
TRIGG
TRIGG
TRIGG

TRIGG

TRIGG
TRIGG
TRIGG
TRIGG
TRIGG
TRIGG
TRIGG
TRIGG
TRIGG

TRIGG
TRIGG
TRIGG
TRIGG
TRIGG
TRIGG
TRIGG
TRIGG
TRIGG

TRIGG
TRIGG
TRIGG
TRIGG
TRIGG
TRIGG
TRIGG
TRIGG
TRIGG

TRIGG
TRIGG
TRIGG
TRIGG
TRIGG
TRIGG

TRIGG
TRIGG
TRIGG

TRIGG
TRIGG
TRIGG
TRIGG
TRIGG
TRIGG
TRIGG
TRIGG
TRIGG

TRIGG
TRIGG
TRIGG
TRIGG
TRIGG
TRIGG
TRIGG
TRIGG
TRIGG

TRIGG
TRIGG
TRIGG
TRIGG
TRIGG
TRIGG
TRIGG
TRIGG